中華親子繪本

「躲」起來的媽媽

文／阡陌　圖／周翊

中華教育

我叫妞妞，我六歲啦。

我爸爸是個特別厲害的工程師，他去非洲出差了。

我媽媽是個特別厲害的老師。每天媽媽騎車送我去幼兒園的時候，我們就假裝是大女巫和小女巫騎着掃帚在天上飛。

我們經常和爸爸視訊。爸爸說，等他回家的時候，會給我帶一隻「非洲的小獅子」作為禮物。我和媽媽都盼着爸爸回家。

1. 飛沫傳播

有一天，媽媽告訴我，我們這裏來了好多看不見的「小怪獸」。如果不小心被它們盯上，就會得一種特別嚴重的肺炎，有的人甚至會因此失去生命。

2. 氣溶膠傳播

3. 接觸傳播

爸爸也從網上知道了這件事，他在視訊中叮囑我們一定要少出門，還告訴我們萬一要出門該怎樣防護。我和媽媽演習了一遍給他看，他才放心。

減少出門

勤洗手

出門
戴口罩

均衡
營養

做好防護

　　為了減少出門的次數，媽媽採購了滿滿兩大袋的物品：口罩、消毒酒精、牛奶、水果、蔬菜、巧克力，還有我最喜歡吃的烤鴨。媽媽做了一桌豐盛的飯菜，如果爸爸也在家，那該多好啊！

媽媽每天關注「小怪獸」的動靜。每次看完新聞，她都會歎氣。

今天，媽媽看完新聞後有點奇怪，她一臉驚訝，愣愣地坐了好一會兒。

突然，媽媽站了起來，飛速衝向她的房間……

等她再次出現的時候，
不僅戴上了口罩，還衝我連
連揮手，示意我不要靠近她。
媽媽焦急的眼神讓我意識到
一定發生了甚麼大事。

我乖乖回房間，找出口罩戴上。但是，媽媽依然警告我不許過去，並且關上了房門。

隔着房門，媽媽告訴我，那天在超市買東西的時候，排在她前面的一位爺爺被「小怪獸」盯上了。她雖然現在還沒有咳嗽、發燒的症狀，但也存在被「小怪獸」盯上的風險。

媽媽說，為了不讓「小怪獸」有機會盯上我，她要和我玩一個「躲貓貓」的遊戲。她會一直「躲」在自己的房間裏，直到危險解除。

「可是……」

「妞妞，別擔心，媽媽雖然不能見你，但還在家裏陪着你！」

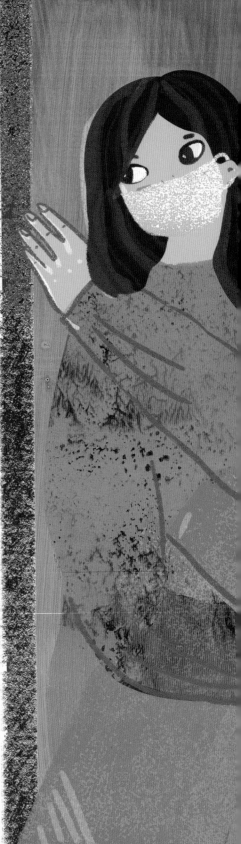

　　這「遊戲」一點也不好玩！

　　我難過地回到了自己的房間，心想：
沒關係，平時媽媽出去買菜的時候，我也
是一個人在家裏的。

我想美美地睡一覺，
可是怎麼也睡不着。

我想畫一幅畫送給爸爸，
可是一點也畫不好。

我想搭一座未來城堡，
可是，怎麼也搭不好。

晚上，小區的道路上空蕩蕩的，沒有一個人影。

「小兔子，如果媽媽真被『小怪獸』盯上了，她會不會死掉啊？萬一我們沒有媽媽了，怎麼辦？」我的心怦怦亂跳。小兔子瞪着紅紅的眼睛，看着我，一言不發。

Di Di Di

　　我大哭起來：「媽媽，媽媽，我害怕！」

　　「妞妞，別哭，媽媽在家，別怕。媽媽教你唱歌吧，好不好？我唱一句，你唱一句。」

　　就這樣，我們唱了一首歌、兩首歌、三首歌……

後來爸爸通過視訊也
加入了我們，我們三個人
一直唱啊，唱啊……

也不知道過了多久，耳邊傳來了熟悉的門鈴聲。

「妞妞，去看看按門鈴的是不是一位穿着藍色上衣的阿姨。如果是，就讓阿姨進來。她是媽媽請來幫助我們的社區工作人員。」媽媽說。

我從防盜眼裏往外看，果然是媽媽請來的阿姨。

咚 咚 咚

　　打開門，我「哇」的一聲哭了起來：「阿姨！您快救救我媽媽！」

　　「寶貝，不哭不哭！」阿姨連忙安慰我，「看！阿姨給你和媽媽帶好吃的啦！你想不想和阿姨一起營救媽媽？」

　　一聽到能救媽媽，我馬上擦乾眼淚，大聲說：「想！」

阿姨說這個營救行動必須堅持十四天，她會每天
來看望我們。臨走時，她還給我留了手機號碼。

吃飯

洗澡

打掃

勤洗手

開窗

阿姨走後，我對着媽媽緊閉的房門大聲說：「媽媽，別害怕，我和阿姨已經啟動了營救您的計劃，加油！」

「謝謝妞妞……妞妞也加油！媽媽愛你！」
我在視訊裏向爸爸保證，在他回來之前，
我一定會把媽媽救出來。

「躲」起來的媽媽 藏不住的愛

張小萍

南京市瑞金路幼兒園副園長

親愛的朋友，當你拿到這本《「躲」起來的媽媽》，想必一定和我一樣好奇媽媽為甚麼要躲起來。這不僅是一個懸念，也是一條閱讀線索。

故事在小女孩妞妞的自述中徐徐展開。「小怪獸」病毒的出現改變了妞妞的生活，為了不讓「小怪獸」有機會盯上妞妞，媽媽和妞妞玩起了「躲貓貓」的遊戲。面對媽媽的「躲」，妞妞經歷了焦慮、害怕、緊張，直至最後變得勇敢……當你讀至一半時，很容易就知道了媽媽躲起來的原因。繼續讀完這個故事，相信你一定會被媽媽那藏不住的愛深深打動。故事的情節雖然簡單，但細細品味，又總能發現作者細膩的筆觸下所蘊含的質樸又有深意的內涵。

·圖書裏體現的真實生活

繪本的故事內容與孩子的生活經驗非常貼近。作者以新型冠狀病毒肺炎疫情時真實的特殊家庭情況為參照，以現實片段為基礎而展開，來源於孩子生活經驗的故事內容能夠全面地調動幼兒的已有經驗與內心感受，讓他們在閱讀時候產生代入感，同時激發孩子們的共情力。

·圖書裏顯露的孩子成長

在生活中，年幼的孩子避免不了會遇到各種難題，比如與媽媽的短暫離別。通過孩子在

媽媽「躲」起來後的行為對比，以及畫面色彩由明亮到逐漸暗淡的變化，讓我們清晰地感受到妞妞在與媽媽分別後的情感變化。小離別裏的大成長，讓我們如妞妞一樣學會面對，在經歷中收穫愛和成長。

· 圖書裏普及的科普知識

　　這本繪本不僅充滿了愛意，還很巧妙地普及了預防新型冠狀病毒的相關知識。依託故事發展的線索，作者很自然地向我們普及在面對新型冠狀病毒時的注意事項——勤洗手、戴口罩、開窗通風、注意營養……孩子在閱讀情景中能潛移默化地理解與吸收這些知識，這不僅符合孩子在親身體驗中理解的學習特點，也是作者創作時的用心之處吧。

· 圖書裏隱藏的各種愛意

　　繪本還通過疫情前後家庭生活的對比、社區阿姨上門幫忙，以及對妞妞的鼓勵，展現出一種大愛——困難時期的鄰里之愛。不管是遠在天邊的爸爸，還是近在咫尺的媽媽、及時相助的社區阿姨，這些愛或許看得見，或許看不見，但這些愛充滿着力量。也許將來，妞妞或者我們還會在成長的道路卜遇到更多更大的困難，但每一個在愛的滋潤下長大的孩子一定能勇敢地面對，積極地生活，在經歷中成長！

◎ 責任編輯：劉萄諾
◎ 裝幀設計：鄧佩儀
◎ 排版設計：鄧佩儀
◎ 印　務：劉漢舉

中華親子繪本

「躲」起來的媽媽

文／阡陌　　圖／周翊

出版｜中華教育
香港北角英皇道 499 號北角工業大廈 1 樓 B 室
電話：(852) 2137 2338　傳真：(852) 2713 8202
電子郵件：info@chunghwabook.com.hk
網址：http://www.chunghwabook.com.hk

發行｜香港聯合書刊物流有限公司
香港新界荃灣德士古道 220-248 號荃灣工業中心 16 樓
電話：(852) 2150 2100　傳真：(852) 2407 3062
電子郵件：info@suplogistics.com.hk

印刷｜美雅印刷製本有限公司
香港觀塘榮業街 6 號海濱工業大廈 4 字樓 A 室

版次｜2022 年 4 月第 1 版第 1 次印刷
©2022 中華教育

規格｜16 開（230mm x 230mm）

ISBN｜978-988-8760-49-7